CATALOGUE

DES

TABLEAUX

ET ÉTUDES PEINTES

PAR FEU

Antoine VOLLON

Et de sa Collection Particulière

Composée de

TABLEAUX ANCIENS ET MODERNES

PAR : BOILLY, CUYP, FRAGONARD, GUARDI, HÉDA, LE NAIN, RIBERA, RIGAUD, SNYDERS, TENIERS
CARPEAUX, COROT, DAUBIGNY, GÉRICAULT, RIBOT, ETC., ETC.

DESSINS, AQUARELLES, EAUX-FORTES

OBJETS DE CURIOSITÉ ET D'AMEUBLEMENT

FAIENCES, GRÈS, PORCELAINES DE CHINE

ORFÈVRERIE ALLEMANDE, HANAP EN IVOIRE DU XVIIe SIÈCLE

Instruments de Musique, Verrerie, Livres

CUIVRES, ÉTAINS, PENDULES

SIÉGES ET MEUBLES — ÉTOFFES — TAPIS

Le tout garnissant son Atelier

ET DONT LA VENTE, PAR SUITE DE SON DÉCÈS, AURA LIEU A PARIS

HOTEL DROUOT, SALLES Nᵒˢ 5 & 6

Les Lundi 20, Mardi 21, Mercredi 22 et Jeudi 23 Mai 1901

à deux heures

COMMISSAIRES-PRISEURS

Mᵉ PAUL CHEVALLIER	Mᵉ L. DESAUBLIAUX
10, rue Grange-Batelière	12, rue de Seine

EXPERTS

Pour les Tableaux	*Pour les Objets d'art*
MM. ARNOLD & TRIPP	MM. MANNHEIM
8, rue Saint-Georges	7, rue Saint-Georges

EXPOSITIONS

PARTICULIÈRE : *Le Samedi 18 Mai 1901, de 1 h. 1/2 à 5 h. 1/2*
PUBLIQUE : *Le Dimanche 19 Mai 1901, de 1 h. 1/2 à 5 h. 1/2*

CONDITIONS DE LA VENTE

Elle sera faite au comptant.

Les acquéreurs payeront *dix pour cent* en sus des prix d'adjudication.

L'exposition mettant le public à même de se rendre compte de l'état et de la nature des objets, aucune réclamation ne sera admise une fois l'adjudication prononcée.

Les tableaux, études, etc. non signés portent le cachet ci-dessous :

N.-B. M. Vollon a fait faire ce cachet personnel, reproduction de sa signature, deux mois avant sa mort.

ORDRE DES VACATIONS

Le Lundi 20 Mai 1901

Tableaux et Etudes, par Antoine VOLLON . . . .   1 à 80

Le Mardi 21 Mai 1901

Gravures, eaux-fortes, tableaux anciens et modernes. . . . . . . 81 à 164

Le Mercredi 22 Mai 1901

Faïences, porcelaines, orfèvrerie, instruments de musique. . . . 165 à 280

Le Jeudi 23 Mai 1901

Objets variés, cuivres, étains, pendules, sièges et meubles, étoffes,
tapis . . . . 281 à 385

Paris. — Imp. de l'Art, E. Moreau et Cie, 41, rue de la Victoire.

Hélio. Fortier-Marotte, Paris.

VOLLON DESSINÉ PAR LUI-MÊME

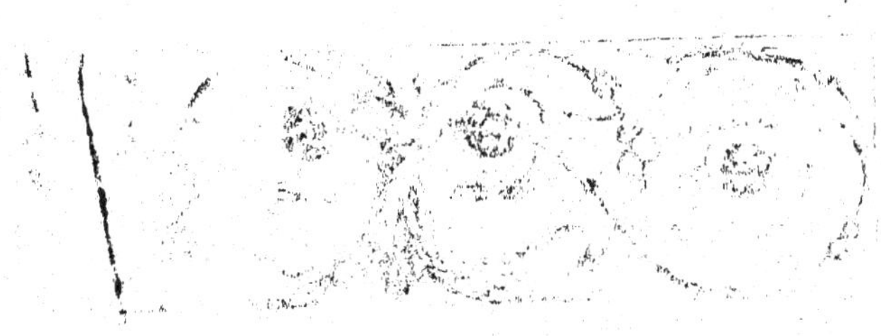

n... ... VOLLON

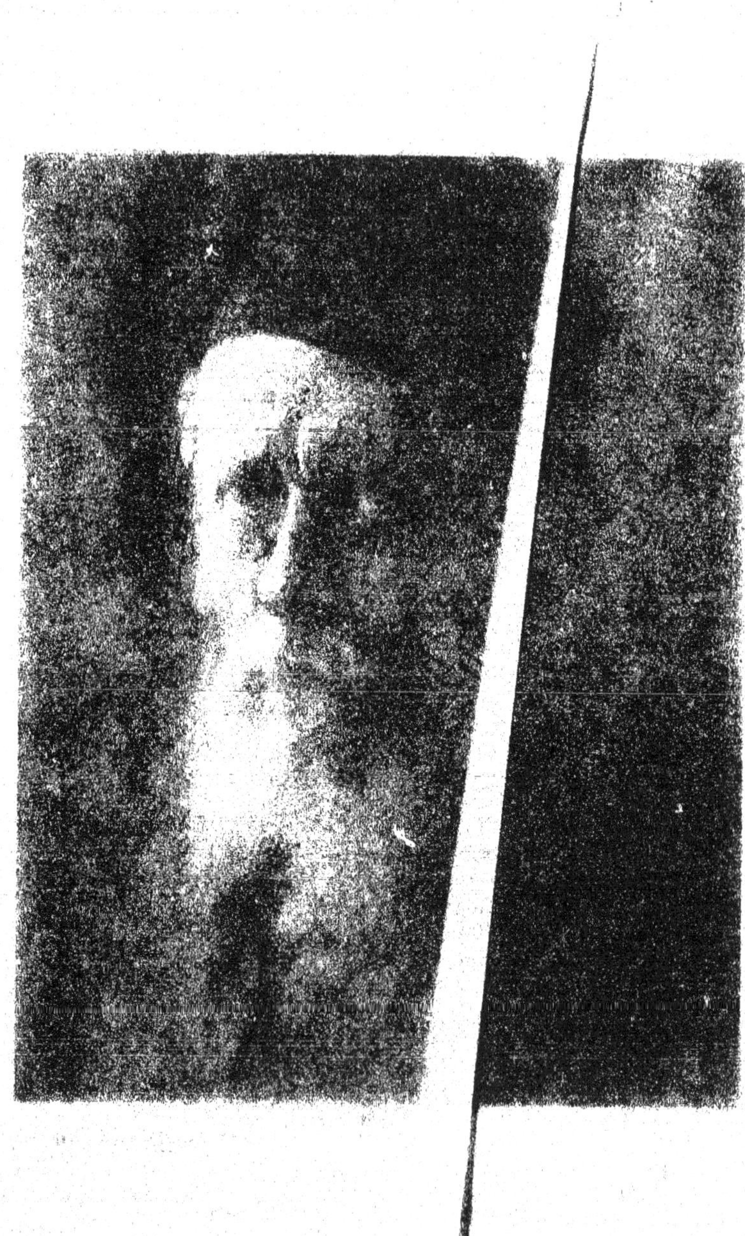

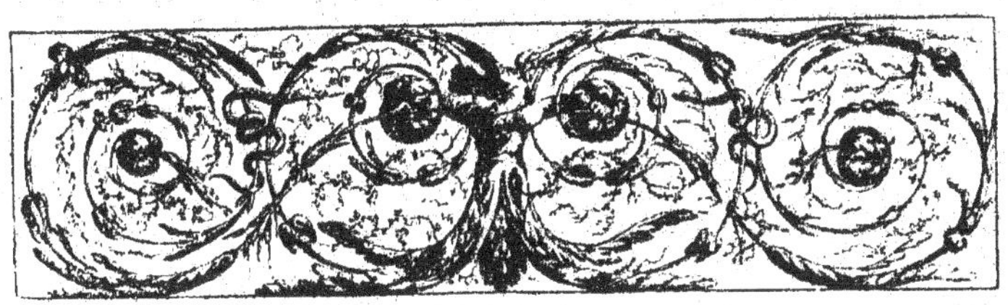

Antoine VOLLON

NTOINE Vollon, dont l'atelier sera vendu, par suite de son décès, du 20 au 23 mai prochain, a été et restera un des premiers parmi les peintres de natures mortes de l'École française, aussi bien de l'École française d'autrefois que de celle d'aujourd'hui.

Né à Lyon en 1833, il y fit ses études à l'École des beaux-arts d'où il sortit, ayant déjà témoigné de son goût et de son aptitude pour le genre spécial de peinture qu'il devait, en quelque sorte, personnellement illustrer.

Il vint à Paris et exposa pour la première fois au Salon de 1864. Son envoi consistait en un premier tableau, intitulé : *Art et gourmandise*, où l'on voyait un singe grignottant des fruits au milieu d'instruments de musique, et en un second tableau qui s'appelait : *Intérieur de cuisine*. Là, entourée d'ustensiles, près d'une fontaine coulante, une forte et brune servante plumait un poulet. William Burger, qui rencontrait le nom de Vollon pour la première fois, a dit de cette toile que c'était par de solides qualités de peinture qu'elle se recommandait, tous les accessoires qu'elle contenait étant peints d'une pâte abondante et d'un ton profond dans la manière de Chardin. Cet *Intérieur de cuisine* est aujourd'hui au musée de Nantes.

Avec lui Vollon était lancé : ainsi que Burger, About l'avait remarqué en le déclarant, comme artiste, un jeune homme vraiment fort.

Au Salon de 1865, ce fut un autre *Intérieur de cuisine,* qui valut à son auteur sa première médaille.

Puis vinrent, les années suivantes : en 1866, le *Retour du Marché* et le *Singe à l'accordéon,* du musée de Lyon. En 1867, des *Poissons de Mer* et des *Raisins du Midi.* En 1868, apparaît une œuvre plus considérable : *Curiosités* ou *Armures,* tableau qui figura dix ans après à l'Exposition universelle de 1878, où il remporta une médaille d'or, et s'en est allé de cette exposition au musée du Luxembourg.

Dans l'intervalle de 1865 à 1870, Vollon avait obtenu aux Salons de 1868 et de 1869, deux autres médailles et avait été nommé chevalier de la Légion d'honneur en 1870. Il fut promu officier en 1878.

Tous les ans il exposa, le plus souvent, des natures mortes, c'est-à-dire des choses vraiment inanimées, comme des poissons morts, des cuivres, des porcelaines ou faïences, des instruments de musique, des armes, casques, épées ou cuirasses, de vieux livres, des légumes, et des fleurs. Il peignit aussi, mais moins fréquemment, des figures ; on cite notamment *la Cigarette,* le portrait de *Pierre Pichal, pêcheur à Mers* et *la Femme du Pollet,* succès retentissant du Salon de 1876. Il représenta encore des vues de Paris, des ports de mer et des paysages faits sur nature, qui le classent parmi nos plus éminents paysagistes. Dans toutes ces peintures se retrouve, comme dans ses natures mortes, la touche énergique qui est la caractéristique habituelle de son talent robuste à la fois réaliste et brillant, où la pâte riche et solide s'enferme en un dessin constamment exact, plein de souplesse et de netteté.

En 1898, Vollon succéda à Français, comme membre de l'Institut.

Antoine Vollon est mort le 27 août dernier.

On va vendre ce qui, après son décès, était resté dans son

atelier, plusieurs tableaux de lui complètement terminés, et une grande quantité d'études et d'esquisses peintes d'un très grand intérêt et du plus haut mérite, des tableaux anciens et modernes, des aquarelles et des eaux-fortes, qui composaient sa collection privée ; — car, comme bien des peintres, il était collectionneur, — et où se révèle son goût particulier pour certains maîtres, qui furent ses contemporains, Corot, Carpeaux, Daubigny, ses amis intimes, et Géricault, qu'il admirait sincèrement.

Il y avait aussi chez lui des objets d'art et de curiosité, des cuivres, des verres, de l'orfèvrerie, des étoffes, des sièges anciens et de vieux meubles qui lui ont plus d'une fois servi de modèles.

A l'Exposition universelle de 1900, il avait envoyé, entre autres choses, *l'Automne*, un merveilleux paysage, et une *Mappemonde*, très importante nature morte, qui furent récompensés d'un des grands prix de la section de peinture.

On retrouvera, dans la vente qui va se faire, ces deux toiles d'une superbe facture, dernières productions d'un artiste puissant, toujours fort apprécié de la critique la plus autorisée qui a depuis longtemps consacré sa renommée, que Charles Yriarte proclamait « l'un des peintres les plus peintres de ce temps-ci » et dont les œuvres seront certainement de plus en plus recherchées des amateurs.

AUG. DALLIGNY.

DÉSIGNATION

TABLEAUX et ÉTUDES PEINTES

PAR

Antoine VOLLON

1 — *Vue prise dans le Parc de Versailles.*

Dessin. Haut., 38 cent ; larg., 45 cent.

2 — *Vue d'Anvers.*

Dessin sur carton.

Signé à droite.

Haut., 42 cent.; larg., 55 cent.

3 — *Tête de Mort auprès d'un Christ et d'un livre.*

Toile. Haut., 33 cent.; larg., 60 cent.

4 — *Moulin.*

Construit au bord d'une route, près d'un étang entouré de collines verdoyantes, il détache hardiment ses ailes sur un doux ciel bleu, légèrement nuageux.

Esquisse.

Toile. Haut., 31 cent.; larg., 40 cent.

5 — *Petit Port.*

Bateaux amarrés près d'un quai où s'étend une ligne de maisons.
Esquisse.

Bois. Haut., 24 cent.; larg., 31 cent.

6 — *Chaudron.*

Grand chaudron de cuivre jaune dressé contre un mur et dont on voit l'intérieur.
Esquisse.

Bois. Haut., 33 cent.; larg., 24 cent.

7 — *Moulin, effet de soir.*

Au bord d'une rivière aux eaux grises, un moulin dont les ailes tournent; fond de ciel nuageux où le soleil se couche en jetant sur l'eau qu'il illumine ses derniers rayons.

Toile. Haut., 32 cent.; larg., 41 cent.

8 — *Avenue Trudaine.*

Vue des maisons et des arbres.

Toile. Haut., 37 cent.; larg., 45 cent.

9 — *La Mer à Mers, près le Tréport.*

Mer verte et calme, avec de petites voiles qu'on aperçoit au loin sous un ciel bleu traversé de nuages gris.

Toile. Haut., 38 cent.; larg., 54 cent.

10 — *Maisons à Bessancourt.*

Groupe de maisons enveloppées d'un ciel bleu.

Toile. Haut., 45 cent.; larg., 54 cent.

11 — *Aiguière.*

Aiguière en argent doré avec son plateau; autour, des fleurs, des raisins et des pêches; vase en cristal; fond formé d'un rideau de velours rouge.

Toile. Haut., 49 cent.; larg., 60 cent.

12 — *Jeune Fille aux pigeons.*

En buste, vue de face, un peu tournée, la tête couronnée d'épis, corsage rouge.

Toile. Haut., 61 cent.; larg., 49 cent.

13 — *Champs à Bessancourt.*

Route allant se perdre vers des hauteurs boisées ; dans les champs, des meules et des arbres. Ciel mouvementé.

Toile. Haut., 46 cent.; larg., 67 cent.

14 — *Bateaux.*

Deux ou trois bateaux de pêche à voiles jaunes, marron ou blanches arrêtés au bord d'une rivière. Ciel gris rempli de nuages.

Toile. Haut., 68 cent.; larg., 47 cent.

15 — *Vue d'Anvers.*

Un quai le long de l'Escaut, où l'on aperçoit une suite de maisons que domine la cathédrale ; des bateaux à voiles blanches passent sur l'eau ; grand ciel gris.

Toile. Haut., 52 cent.; larg., 64 cent.

16 — *L'Estacade de l'Ile Saint-Louis, à Paris.*

Vue du pont sur la Seine et de quelques maisons.

Toile. Haut., 53 cent.; larg., 64 cent.

17 — *Route à Bessancourt.*

Une route plantée d'arbres de chaque côté, puis une prairie ; ciel gris avec soleil qui perce les nues.

Signé.

Toile. Haut., 53 cent.; larg., 65 cent.

18 — *Soupière de Marseille.*

Table recouverte d'un tapis à dessins dorés, sur laquelle sont posés une soupière en faïence fond blanc avec côtes, une aiguière et un plateau rempli de pêches. Dans le fond, un rideau de velours et du cuir de Cordoue.

Toile. Haut., 65 cent.; larg., 53 cent.

19 — *Anvers.*

Le quai longeant une rivière ; des maisons alignées et au-dessus desquelles on voit la cathédrale. Au premier plan, sur la rive opposée des verdures ; bateaux traversant la rivière et sur le tout un grand ciel gris avec des nuages qui marchent.

Toile. Haut., 65 cent.; larg., 54 cent.

20 — *Le Tréport.*

Falaise blanche taillée à pic et couverte de gazon à son sommet ; au pied, une maison de pêcheurs et sur la mer des bateaux à voiles blanches et marron. Ciel d'un bleu léger.

Toile. Haut., 54 cent.; larg., 65 cent.

21 — *Pont de Neuilly.*

La Seine, quai et maisons de l'avenue ; au bas du pont, près de l'eau, des laveuses ; ciel gris et nuageux.

Toile. Haut., 50 cent.; larg., 71 cent.

22 — *Pêches.*

Dans une corbeille d'osier, posée à terre au milieu d'un jardin, une dizaine de pêches aux tons rouges et veloutés.

Bois. Haut., 58 cent.; larg., 71 cent.

23 — *Quai au Tréport.*

Esquisse.

Toile. Haut., 59 cent ; larg., 72 cent.

24 — *Nature morte.*

Buste en plâtre, sphère, livres, boîte, flûte et objets divers.

Toile. Haut., 59 cent.; larg., 72 cent.

25 — *Campagne à Bessancourt.*

Chemin traversant une prairie plantée de quelques arbres, fond de collines boisées ; ciel très élevé avec nuages.

Toile. Haut., 59 cent.; larg., 72 cent.

26 — *Le Port de Marseille.*

Esquisse.

Toile. Haut., 45 cent.; larg., 56 cent.

27 — *Vue du Port de Marseille.*

Toile. Haut., 59 cent.; larg., 73 cent.

28 — *Intérieur de cuisine.*

Dans l'âtre d'une haute cheminée, une marmite de fonte accrochée à la crémaillère au-dessus du feu ; un peu en avant, un baril, un chaudron de cuivre brillant, un balai et autres ustensiles.

Toile. Haut., 73 cent ; larg., 60 cent.

29 — *Chaumières à Morlaas (Basses-Pyrénées).*

Petites maisons de bois, couvertes de chaumes jaunes.

Toile. Haut., 60 cent.; larg., 73 cent.

30 — *Esquisse pour le tableau de l'Église Saint-Eustache.*

Toile. Haut., 59 cent.; larg., 73 cent.

31 — *Autre esquisse pour le même tableau.*

Toile. Haut., 50 cent.; larg., 50 cent.

32 — *Musette.*

Musette de velours bleu et panier d'osier déposés à terre dans un paysage.

Toile. Haut., 59 cent.; larg., 80 cent.

33 — *Vielle sur une table, entourée de livres et de papiers de musique.*

Toile. Haut., 63 cent ; larg., 74 cent.

34 — *Deux Musiciens ambulants.*

Homme assis dans un intérieur pinçant de la guitare ; près de lui, une fillette assise qui l'écoute.

Toile. Haut., 77 cent ; larg., 63 cent.

35 — *Pont de Paris.*

Trois arches de pierre traversant la Seine, avec quai et bouquet d'arbres.

Toile. Haut., 63 cent.; larg., 76 cent.

36 — *Poules.*

Groupe de poules autour d'un arbre dans une cour de ferme.

Toile. Haut., 65 cent.; larg., 80 cent.

37 — *Les Blés.*

Champ de blés jaunis s'étendant le long d'une route sous un vaste ciel bleu d'été.

Toile. Haut., 65 cent.; larg., 81 cent.

38 — *Mandoline.*

Sur une table de bois sculpté à dessus de marbre, une mandoline renversée entourée d'un missel, de vieux livres avec un encrier et une clarinette étalée sur des papiers de musique; fond de rideau en velours vert brodé d'argent.

Toile. Haut., 65 cent.; larg., 81 cent.

39 — *Four à plâtre à Bessancourt.*

Dans le voisinage d'une carrière, sur un terrain d'un gris cendré, des maisons basses aux murs jaunes et aux toits rouges; çà et là des blocs jetés les uns sur les autres, et, sous un appentis, les flammes rouges d'un four à plâtre. Ciel bleu nuageux d'orage menaçant.

Toile. Haut., 65 cent.; larg., 81 cent.

40 — *Ferme à Morlaas.*

Petites maisons aux toits couverts de chaume ou de tuiles rouges; ciel gris et nuageux.

Toile. Haut., 6 cent.; larg., 84 cent.

41 — *La Palette.*

Palette avec brosses posée sur une table recouverte d'un tapis rouge et autour de laquelle sont groupés un vase de Chine, une coupe dorée, un torse en plâtre, une mandoline et des papiers.

Toile. Haut., 64 cent.; larg., 85 cent.

42 — *Vache brune à l'étable.*

Toile. Haut., 67 cent.; larg., 83 cent.

43 — *Paysage à Étampes.*

Maison de campagne au bord d'une rivière, entourée d'arbres. Étude.

Toile. Haut., 85 cent.; larg., 65 cent.

44 — *Oiseaux morts.*

Sur une table, trois ou quatre oiseaux près d'un grand vase en porcelaine de Chine et de divers autres objets.

Toile. Haut., 88 cent.; larg., 66 cent.

45 — *Champ de blés.*

Une longue et large route montante, bordée par un champ de blés mûrs, hauts et jaunes; derrière, dans le fond, la lisière d'une forêt. Ciel noir avec effet de soleil tamisé par les nuages.

Toile. Haut., 66 cent.; larg., 90 cent.

46 — *Soleil couchant au Tréport.*

Toile. Haut., 65 cent.; larg., 92 cent.

47 — *Champ de blés à Mers-sur-Mer.*

Arbrisseaux et blés jaunes formant la bordure d'une prairie; au-dessus, une grande étendue de ciel où roulent des nuages gris.

Toile. Haut., 58 cent.; larg., 98 cent.

48 — *Petit Port de Marseille.*

Toile. Haut., 67 cent.; larg., 1 mètre.

49 — *L'Homme à la cuirasse.*

Étude.

Toile. Haut., 84 cent.; larg., 72 cent.

50 — *Portrait d'Homme en buste et vu de face.*

Toile ovale. Haut., 65 cent.; larg., 55 cent.

51 — *Une Rue à Fontainebleau.*

Rue tournante, église, beffroi et maisons.

Toile. Haut., 82 cent.; larg., 61 cent.

52 — *L'Église Saint-Gervais.*

La Seine, pont de pierre et quai bordé de hautes maisons; au fond, la tour et les toitures de l'église que l'on aperçoit de derrière; ciel bleu et nuageux.

Toile. Haut., 89 cent.; larg., 77 cent.

53 — *Notre-Dame.*

Vue du chevet de Notre-Dame de Paris.

Toile. Haut., 80 cent.; larg., 90 cent.

54 — *Jardin à Bessancourt.*

Terrain couvert d'herbes folles; au centre, un vase de marbre forme Médicis, sur un piédestal ombragé par de grands arbres verts.

Toile. Haut., 80 cent.; larg., 92 cent.

55 — *Intérieur d'église.*

Vue d'un collatéral d'architecture gothique sur la gauche; à droite, on aperçoit le commencement d'une haute et longue travée; ensemble d'une tonnalité grise, avec çà et là des personnages agenouillés ou marchant.

Toile. Haut., 1 mètre; larg., 80 cent.

56 — *Chaumières à Mers.*

Maisons basses à murs en torchis jaune et couvertes de paille.

Toile. Haut., 80 cent.; larg., 1 mètre.

57 — *Les Blés.*

Grand champ de blés jaunes le long d'un chemin où l'herbe pousse, ciel bleu aux nuages légers.

Esquisse.

Toile. Haut., 80 cent.; larg., 1 mètre.

58 — *Port de Marseille.*

Signé des initiales.

Toile. Haut., 1 mètre; larg., 80 cent.

59 — *Grande Nature morte. Fleurs.*

Se détachant sur un fond de parc, dans un vase en porcelaine de Chine posé à terre, des fleurs diverses, pivoines, roses, œillets, etc.; au pied du vase, une musette d'étoffe rouge.

Toile. Haut., 80 cent.; larg., 1 m. 10 cent.

60 — *Jeune Femme au rouet.*

Vue de profil, cheveux bruns, vêtue d'un corsage rouge ouvert sur la poitrine, jupe jaune. Assise, elle tient un chat gris sur ses genoux pendant que de sa main droite elle fait tourner son rouet.

Toile. Haut., 1 m. 17 cent.; larg., 90 cent.

61 — *Effet de neige à Bessancourt.*

Prairie couverte de neige, au bas d'une colline grise, de petites maisons entourées d'arbres dépouillés.

Toile. Haut., 88 cent.; larg., 1 m. 19 cent.

62 — *L'Église Saint-Eustache.*

Vue prise de la rue de Rambuteau. On aperçoit l'abside et une suite de maisons devant lesquelles se trouvent un kiosque et des arbres aux branches dépouillées; la neige tombée d'un ciel pâle et gris d'hiver couvre le sol et les toits des maisons.

Toile. Haut., 1 m. 14 cent.; larg., 1 m. 05 cent.

63 — *Falaises.*

Grandes falaises rocheuses contre lesquelles vient battre une mer agitée, et qui se découpent sur un ciel sombre.

Toile. Haut., 1 m. 11 cent.; larg., 1 m. 45 cent.

64 — *Vue d'Anvers.*

Le long du quai, une suite de maisons au-dessus desquelles domine la tour de la cathédrale se dessinant en noir sur un vaste ciel gris chargé de nuages. Sur l'eau calme stationnent plusieurs bateaux à voiles blanches.

Toile. Haut., 1 m. 13 cent.; larg., 1 m. 47 cent.

65 — *Grand panneau décoratif.*

Roses, œillets, marguerites, etc., se détachant sur un fond de parc vert sombre

Toile. Haut., 1 m. 70 cent.; larg., 1 m. 28 cent.

66 — *Chevreuil mort.*

Attaché à un arbre par un pied, un grand chevreuil pend jusqu'à terre, sa tête touchant le sol; près de lui, un vase de marbre avec socle et derrière un fond de parc traversé par un ruisseau.

Toile. Haut., 1 m. 66 cent.; larg., 1 m. 02 cent.

67 — *Paysage*.

Chemin entouré de verdures pénétrant sous un bois.
Signé à gauche.

Toile. Haut., 24 cent.; larg., 13 cent.

68 — *Pot de Fleurs en verre contenant des marguerites et autres fleurs blanches et bleues.*

Première manière de l'artiste.
Signé.

Toile. Haut., 32 cent.; larg., 18 cent.

69 — *Une Rue au Plessis-Piquet, près de Fontenay-aux-Roses.*

Signé à gauche.

Toile. Haut., 40 cent.; larg., 31 cent.

70 — *Aiguière et violettes*.

Aiguière dorée près d'une coupe en verre ; bouteille en porcelaine blanche montée en bronze ; au pied de l'aiguière, un bouquet de violettes.
Signé.

Toile. Haut., 37 cent.; larg., 54 cent.

71 — *Bords de la mer à Trouville*.

Mer calme, rochers sur la côte et ciel gris.
Signé à droite.

Bois. Haut., 23 cent.; larg., 51 cent.

72 — *La Rade de Toulon*.

Mer calme et grise où glissent des bateaux à voiles gagnant le quai ; au fond, à l'horizon, une ligne de montagnes.
Signé à droite.

Toile. Haut., 45 cent.; larg., 54 cent.

73 — *Intérieur*.

Jeune femme, en corsage rouge et jupe grise, assise, faisant de la dentelle.
Signé à droite.

Toile. Haut., 60 cent.; larg., 50 cent.

MAPPEMONDE

74 — Vue de Paris.

La Seine traversée par le pont des Arts ; au loin, les tours de Notre-Dame, les quais et l'île de la Cité. Grand ciel bleu et doux.

Toile. Haut., 5o cent.; larg , 6o cent.

75 — Tête de pêcheur.

En buste, vu de face, vêtu d'un tricot brun, se détachant vigoureusement sur un fond gris sombre.

Signé.

Toile. Haut., 7: cent.; larg., 57 cent.

76 — La Seine à Paris.

Vue du pont des Saints-Pères et des Tuileries.

Toile. Haut., 76 cent.; larg., 1 mètre.

77 — Le Tréport.

Vu dans son ensemble ; à gauche, le clocher de l'église bâtie sur une hauteur où se trouvent aussi plusieurs maisons ; d'autres maisons s'étendent du coté du phare ; en avant « La Retenue » et une route qui mène au quai ; sur l'eau stationnent des barques de pêche ; grand ciel bleu tacheté de nuages gris et blancs.

Toile. Haut., 8o cent.; larg., 98 cent.

78 — Le Port de Marseille.

L'entrée du port formée par de longues constructions qui s'avancent dans la mer. Au fond, les maisons des quais adossées aux collines qui ferment l'horizon. Le long de ces quais, de nombreux bateaux amarrés et, glissant tranquillement sur l'eau, de petites barques à voiles blanches. Au-dessus, un grand ciel limpide et bleu.

Toile. Haut., 1 m. 48 cent.; larg., 2 mètres.

79 — *Mappemonde.*

Sur une large table en bois sculpté et doré à dessus de marbre, sont posés divers attributs des sciences : une grande sphère bleue avec pied en bois ; à côté, un globe céleste ; de gros et vieux livres à tranches rouges, une longue vue en cuivre, des cartes, un encrier, des instruments de marine, de la cire, un cachet et une bougie : à la muraille formant fond, un rideau d'étoffe vert sombre.

Toile. Haut., 1 m. 14 cent.; larg., 1 m. 03 cent.

80 — *L'Automne.*

Une longue plaine couverte d'herbes folles, d'arbrisseaux et d'arbres qui forment çà et là des bouquets, s'en allant au loin se perdre à l'horizon fermé par des montagnes bleuâtres aux lignes fuyantes ; grand ciel bleu d'une tranquille limpidité.

Signé.

Toile. Haut., 88 cent.; larg., 1 m. 12 cent.

Ces deux derniers tableaux ont figuré à l'Exposition Universelle de 1900, où le maître a obtenu le Grand Prix.

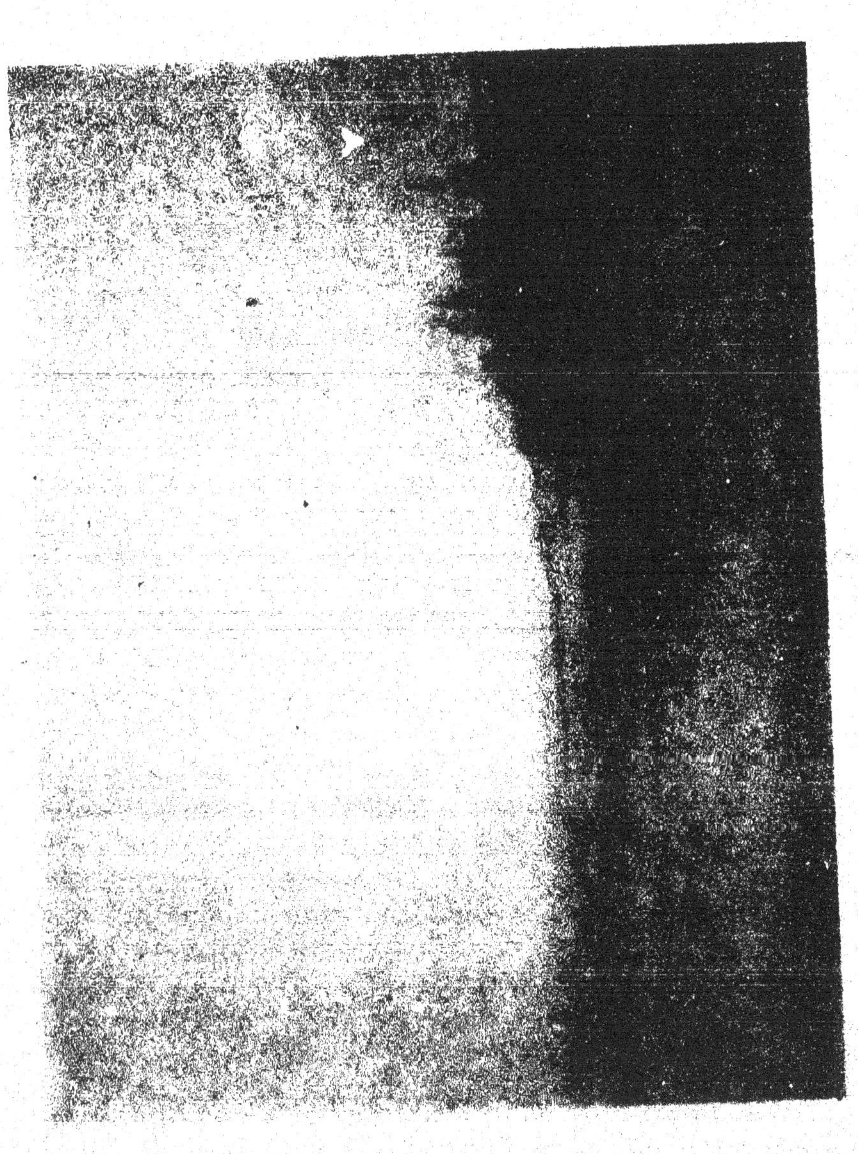

VOLLON

L'AUTOMNE

COLLECTION PARTICULIÈRE

GRAVURES ET EAUX-FORTES

OSTADE
(AD. VAN)

81 — *Deux Fumeurs et un personnage debout.*

Eau-forte.

Haut., 7 cent. 3/4; larg., 6 cent. 1/2.

REMBRANDT

82 — *Tobie et l'Ange.*

Eau-forte.

Haut., 10 cent.; larg., 15 cent.

REMBRANDT

83 — *Portrait de Rembrandt.*

Eau-forte.

Haut., 12 cent.; larg., 10 cent.

REMBRANDT

84 — *Descente de croix.*

Eau-forte.

Haut., 53 cent.; larg., 40 cent.

ROBERT
(HUBERT)

85 — *Un Camp avec chevaliers du Moyen Age.*

Laveuses près d'un portique ensoleillé.

Deux gravures en couleur.

Haut., 25 cent.; larg., 34 cent.

EARLOM
(RICHARD)

86 — *Vase de Fleurs en marbre.*

Gravure d'après Van Huysum.
Cadre en bois sculpté.

Haut., 59 cent.; larg., 39 cent.

DUPONT
(HENRIQUEL)

87 — *L'Hémicycle de l'École des Beaux-Arts.*

Gravure d'après Paul Delaroche.

Haut., 40 cent. 1/2; larg., 2 m. 60 cent.

AQUARELLES ET DESSINS

DESMAREST

88 — *Sacrifice dans un temple.*

> Femmes, soldats et vieillards, scène très mouvementée.
> Dessin.
>
> Haut., 45 cent.; larg., 67 cent.

BERJON

89 — *Grenades.*

> Dessin.
>
> Haut., 48 cent.; larg., 58 cent.

BAROCCI

90 — *Tête de Femme.*

> Dessin rehaussé de couleur.
>
> Haut., 31 cent.; larg., 21 cent.

MAZZOLA
(FRANCESCO dit Le PARMESAN)

91 — *Six dessins, études représentant des allégories.*

> Haut., 19 cent. 1/2; larg., 12 cent. 1/2 chaque.

GÉRICAULT
(JEAN-LOUIS-THÉODORE)

92 — *Bouquet de fleurs roses et blanches.*

> Aquarelle.
> Cadre ovale.
>
> Haut., 28 cent.; larg., 39 cent.

CARPEAUX
(J.-B.)

93 — *Tête d'Homme.*

Une des figures du « Radeau de la Méduse » d'après Géricault.
Dessin.

Haut., 30 cent.; larg., 47 cent.

BOUCHER
(FRANÇOIS)

94 — *Étude de jambes et de mains.*

Dessin à la sanguine.

Haut., 26 cent.; larg., 36 cent.

LANCRET
(NICOLAS)

95 — *Deux Figures assises.*

Contre-épreuve.

Haut., 18 cent.; larg., 25 cent.

MEISSONIER
(J.-L.-E.)

96 — *Cavaliers entourant un échafaud.*

Dessin.

Haut., 9 cent. 1/2; larg., 14 cent.

GREUZE
(J.-B.)

97 — *Tête de Jeune Fille, aux cheveux relevés et souriante.*

Dessin à la sanguine.

Haut., 34 cent.; larg., 20 cent.

PRUDHON
(P.-P.)

98 — *Académie d'Homme.*

Dessin aux deux crayons sur papier bleu.

Haut., 56 cent.; larg., 30 cent.

REMBRANDT

99 — *Deux Figures.*

Croquis à la plume.

Haut., 10 cent. 1/2; larg., 9 1/2 cent.

VÉRONÈSE
(PAUL)

100 — *Tête de Femme.*

Jeune et blonde, le visage tourné un peu à droite, cheveux ornés de rangs de perles.

Dessin.

Haut., 37 cent.; larg., 25 cent.

WATTEAU
(ANTOINE)

101 — *Deux Têtes d'après Rubens.*

Dessin.

Haut., 14 cent.; larg., 20 cent 1/2.

WATTEAU
(ANTOINE)

102 — *Dos de Femme.*

Dessin à la sanguine.

Haut., 26 cent.; larg., 12 cent.

PUVIS DE CHAVANNES

103 — *Groupe d'Hommes nus travaillant.*

Étude signée.

Dessin à la sanguine.

Haut., 57 cent.; larg., 56 cent.

TABLEAUX ANCIENS

INCONNU

104 — *Une Copie ancienne d'après Rubens.*

Toile. Haut., 1 m. 75 cent.; larg., 1 mètre.

ÉCOLE FRANÇAISE
(xviiiᵉ siècle)

105 — *Académie.*

Homme nu, vu de dos et assis.

Toile. Haut., 74 cent.; larg., 59 cent.

GUÉRIN

106 — *Composition historique.*

Roi et reine assis sur un trône, dans l'intérieur d'un palais ; devant eux, une femme agenouillée implorant et un enfant auprès d'elle ; personnages et gardes armés.

Esquisse.

Toile. Haut., 32 cent.; larg., 40 cent.

CLOUET
(École de)

107 — *Tête de Jeune Seigneur, pourpoint noir avec collerette.*

Bois. Haut., 29 cent.; larg., 24 cent.

ÉCOLE ESPAGNOLE

108 — *Le Christ au tombeau.*

Toile. Haut., 35 cent.; larg., 22 cent. 1/2

ÉCOLE FLAMANDE

109 — *Tête de Christ.*

Bois. Haut., 26 cent.; larg., 17 cent.

ÉCOLE DU XVIe SIÈCLE

110 — *Portrait d'Homme.*

Cadre sculpté.

Bois. Haut., 19 cent.; larg. 14 cent. 1/2

ÉCOLE HOLLANDAISE
(DEUX PENDANTS)

111 — *Tête de Jeune Homme riant, vu de profil.*

Bois. Haut., 10 cent., larg., 10 cent.

Tête de Vieillard, vu de face et coiffé d'un bonnet noir.

Bois. Haut., 10 cent.; larg., 10 cent.

GUARDI
(FRANCESCO)

112 — *Les Amateurs.*

Debout autour d'une table, au milieu d'un atelier, cinq ou six petits personnages regardent en connaisseurs des tableaux et des gravures.

Toile. Haut., 26 cent.; larg., 41 cent.

CIRQUOZZI

(LE CHEVALIER, dit MICHEL ANGE DES BATAILLES)

(DEUX PENDANTS)

113 — *Natures mortes.*

Raisins blancs et abricots posés sur une pierre ; fond de paysage.
Raisins noirs et pommes.
Cadres en bois sculpté.

Toiles. Haut., 47 cent.; larg., 37 cent.

ÉCOLE DU XVIIIᵉ SIÈCLE

114 — *Portrait d'Homme.*

En buste, de face, cheveux poudrés, habit noir et cravate de dentelle blanche.

Toile ovale. Haut., 54 cent. ; larg., 44 cent.

ÉCOLE ITALIENNE

115 — *La Vierge, en buste, les mains jointes, priant.*

Cadre en bois sculpté.

Toile. Haut., 48 cent.; larg., 38 cent.

ÉCOLE ESPAGNOLE

116 — *Tête d'Apôtre.*

Debout, il regarde, à gauche, une de ses mains ramenée sur la poitrine.

Cadre noir en bois sculpté ancien.

Panneau. Haut., 56 cent.; larg., 43 cent.

ÉCOLE ANCIENNE

117 — *Tentation de Saint Antoine*.

Assis dans une grotte, il est en contemplation devant une tête de mort, tandis qu'une femme nue se roule à ses pieds ; deux autres femmes nues gambadant sur des nuages le provoquent.

Toile. Haut., 58 cent.; larg., 37 cent.

COELLO
(Attribué à)

118 — *Portrait de Jeune Femme*.

En buste, vue de face, cheveux blonds ; elle est coiffée d'une sorte de toque rouge et vêtue d'un corsage de même couleur, orné d'une collerette tuyautée et de manchettes brodées blanches.

Cadre en bois sculpté.

Toile. Haut., 59 cent.; larg., 51 cent.

FRAGONARD
(JEAN-HONORÉ)

119 — *La Délivrance de Saint Pierre*.

Un ange lui apparaît dans sa prison et l'emmène pendant que ses gardiens dorment.

Esquisse.

Toile. Haut., 55 cent.; larg., 40 cent.

RIGAUD
(HYACINTHE)

120 — *Cuirasses*.

Étude.

Toile. Haut, 59 cent.; larg., 47 cent.

4

ZURBARAN
(FRANCESCO)

121 — *Sainte Lucie.*

Debout, vêtue d'un costume en velours rouge et noir, une draperie blanche sur son bras, elle présente dans un plat des yeux arrachés.

Toile. Haut., 62 cent.; larg., 48 cent.

INCONNU

122 — *Projet de plafond.*

Les Dieux de l'Olympe : Jupiter, Junon, Mars, Vénus, Minerve et Vulcain, disposés par groupes sur des rochers étagés.

Toile. Haut., 97 cent.; larg., 43 cent.

JOUVENET
(JEAN)

123 — *Descente de Croix.*

Étude.

Toile. Haut., 80 cent.; larg., 54 cent.

ÉCOLE VÉNITIENNE

124 — *Portrait.*

Jeune femme, en buste, vue de face, cheveux noirs ornés de perles, mains croisées sur la ceinture, riche costume garni de fourrures blanches.

Toile. Haut., 64 cent.; larg., 48 cent.

ÉCOLE ANGLAISE

125 — *Portrait d'Homme.*

Vu de profil, nu tête, vêtement noir et cravate blanche.

Toile. Haut., 75 cent.; larg., 63 cent.

BRONZINO
(Attribué à)

126 — *Jeune Seigneur en vêtement rose, debout, caressant un chien couché sur un fauteuil.*

Haut., 1 m. 4 cent.; larg., 81 cent.

ÉCOLE ESPAGNOLE

127 — *Portrait de Femme.*

Debout, vue de face, grandeur naturelle, figure brune, vêtement noir orné de manchettes et d'une large collerette de guipure blanche.

Toile. Haut., 1 m. 47 cent.; larg., 1 m. 4 cent.

ÉCOLE ESPAGNOLE

128 — *Grande Figure de Saint Pierre.*

Assis, revêtu d'un manteau rouge, sur ses genoux un livre ouvert ; sa main droite, posée sur le pommeau de son épée, tient des papiers.

Toile. Haut., 1 m. 15 cent.; larg., 92 cent.

HEDA
(W.-K.)

129 — *Nature morte.*

Huitres dans un plat d'étain posé sur une table; auprès de ce plat, des verres, des châtaignes, un citron et un couteau.

Bois. Haut., 43 cent.; larg., 56 cent.

CUYP
(JAKOB-GERRITZ)

130 — *Portrait de Jeune Homme.*

En buste, de face, vêtement noir avec manches à crevés et large collerette blanche.
Signé dans la dentelle du jabot.

Bois. Haut., 70 cent.; larg., 60 cent.

RIBERA

(École de)

131 — *Mangeur de macaroni.*

Figure d'homme, de grandeur naturelle, vu de face, coiffé d'un béret, en habit rouge avec large manteau rouge et noir, laissant à découvert une partie de la poitrine nue; debout, il tient devant lui un plat de macaroni où fouille sa main droite; près de lui, une table où sont des oignons, un pain et une bouteille clissée.

Cadre en bois sculpté.

Toile. Haut., 1 m. 23 cent.; larg., 1 mètre.

BOILLY

(LOUIS-LÉOPOLD)

132 — *Portrait du chansonnier Desaugiers.*

En buste, vu de face, cheveux noirs, vêtement noir, cravate et gilet blancs.

Toile. Haut., 21 cent.; larg., 15 cent. 1/2.

BOILLY

(LOUIS-LÉOPOLD)

133 — *Portrait d'Homme.*

En buste, un peu tourné de profil, cheveux noirs, vêtement noir avec cravate et gilet blancs.

Toile. Haut, 21 cent.; larg., 15 cent. 1/2.

BOILLY

(LOUIS-LÉOPOLD)

134 — *Portrait de Femme.*

En buste, vue de face, coiffée d'un bonnet; corsage gris avec chemisette blanche.

Toile. Haut., 21 cent.; larg., 15 cent. 1/2

BOILLY
(LOUIS-LÉOPOLD)

135 — *Portrait de Femme.*

Vue de face, en buste, cheveux frisés, coiffée d'un bonnet à rubans, robe à corsage blanc gris avec pelisse noire.

Toile. Haut., 20 cent.; larg., 15 cent.

GUARDI
(FRANCESCO)

136 — *Ruines.*

Deux arcades à travers lesquelles on aperçoit un édifice en rotonde entouré de colonnes de pierre.

Toile. Haut., 23 cent.; larg., 17 cent.

GUARDI
(FRANCESCO)

137 — *La Dogana di Mare, à Venise.*

Bâtiment avec tour au bord de la mer; barques et figures.

Toile. Haut., 20 cent.; larg., 21 cent.

LE NAIN
(Attribué à)

138 — *Figure de nain enfant, vu de face, en vêtement gris et assis à terre*

Signé à droite et daté 1647.

Toile. Haut., 38 cent; larg., 31 cent.

TENIERS
(DAVID le Jeune)

139 — *Joueurs de boules.*

Sur la place d'un village, dont on voit le clocher, entouré de quelques petites maisons, plusieurs personnages jouent aux boules, d'autres les regardent; un rayon de soleil qui passe à travers des nuages égaie la scène.

Bois. Haut., 23 cent.; larg., 33 cent.

RIBERA
(JOSÉ Ò JUSEPE DE)

140 — *La Madeleine.*

Blonde, les cheveux tombants, vêtue de noir, elle se tient debout, la main gauche s'appuyant à une tête de mort posée sur un livre.

Toile. Haut., 1 mètre ; larg., 73 cent.

RIBERA
(JOSÉ Ò JUSEPE DE)

141 — *La Méditation.*

Grande figure d'homme assis près d'un rocher, vu de face, les yeux levés vers le ciel, enveloppé d'un large manteau brun jaune ; la main droite posée sur sa poitrine, il s'accoude à un gros livre ouvert et soutient sa tête de la main gauche ; fond de paysage avec un coin de ciel.

Haut., 1 m. 15 cent.; larg., 95 cent.

SNYDERS
(FRANTZ)

142 — *Grande Nature morte.*

Dans un intérieur d'office, sur une table recouverte d'un tapis, trois ou quatre pièces de gibier à plumes dont une perdrix grise ; puis un pain, une bouteille, des fruits, pêches, prunes et abricots. Devant la table, les deux pattes posées sur une tête de bœuf écorché placée sur une chaise, un grand chien à longs poils roux se retourne d'un air menaçant vers un chien à poils ras et gris qui s'avance, la gueule ouverte. Au bas de la chaise, un chat attentif; de côté, une fenêtre ouverte donnant sur la campagne.

Haut., 1 m. 16 cent.; larg., 1 m. 82 cent.

TABLEAUX MODERNES

INCONNU

143 — *Le Mont Stromboli, dans une des îles Lipari.*

Volcan illuminant la mer de ses fumées rougeâtres.

Toile. Haut., 34 cent.; larg., 54 cent.

GUILLEMET
(JEAN-BAPTISTE-ANTOINE)

144 — *Paysage.*

Collines s'étendant le long d'une prairie; ciel nuageux.

Signé à droite.

Toile. Haut., 64 cent.; larg., 80 cent.

BOUDIN
(EUGÈNE)

145 — *Plage de Trouville.*

Nombreux petits personnages debout sur le sable, s'abritant de leurs ombrelles et regardant la mer; ciel gris un peu chargé.

Signé à gauche.

Bois. Haut., 16 cent.; larg., 35 cent.

ISABEY
(EUGÈNE)

146 — *Marine.*

Flottille de bateaux; au fond du paysage, un moulin à vent.

Étude signée à droite des initiales.

Carton sur panneau. Haut., 24 cent.; larg., 34 cent.

CARPEAUX
(J.-B.)

147 — *Tête d'Homme.*

Signé et dédié à l'ami Vollon.

Toile. Haut., 59 cent.; larg., 48 cent.

RIBOT
(TH.)

148 — *Portrait de Ribot, tête de trois quarts, vêtement noir.*

Signé à gauche.

Toile. Haut., 45 cent.; larg., 57 cent.

GÉRICAULT
(JEAN-LOUIS-THÉODORE)

149 — *Deux Têtes.* Copié d'après Caravage.

Toile. Haut., 34 cent.; larg., 37 cent.

GÉRICAULT
(JEAN-LOUIS-THÉODORE)

150 — *Deux Académies d'Homme, dont un blessé.*

Toiles. Haut., 80 cent ; larg., 34 cent.

GÉRICAULT
(JEAN-LOUIS-THÉODORE)

151 — *Croupe de Cheval.*

Toile. Haut., 39 cent.; larg. 65 cent.

GÉRICAULT
(JEAN-LOUIS-THÉODORE)

152 — *Deux Chevaux maigres et malades menés à l'abattoir ; effet de soleil couchant.*

Lithographié par le maître.

Toile. Haut , 22 cent.; larg., 31 cent.

GÉRICAULT
(JEAN-LOUIS-THÉODORE)

153 — *Chevaux.*

Un blanc et un noir conduits par un cavalier à travers un paysage.
Lithographié par le maître.

Toile. Haut., 28 cent.; larg., 38 cent.

GÉRICAULT
(JEAN-LOUIS-THÉODORE)

154 — *Chevaux de course.*

Toile. Haut., 32 cent.; larg., 45 cent.

GÉRICAULT
(JEAN-LOUIS-THÉODORE)

155 — *Tête d'Homme.*

Soldat en uniforme gris, vu de profil, tenant à la main la bride d'un cheval noir.

Toile. Haut., 45 cent.; larg., 36 cent.

GÉRICAULT
(JEAN-LOUIS-THÉODORE)

156 — *Étude de tête pour « Le Cuirassier. »*

Toile. Haut., 65 cent.; larg., 54 cent.

GÉRICAULT
(JEAN-LOUIS-THÉODORE)

157 — *Trompette à cheval.*

Hussard en uniforme blanc, pantalon rouge, bonnet à poil, monté sur un cheval gris pommelé, à l'allure dégagée.

Toile. Haut., 72 cent.; larg., 58 cent.

DAUBIGNY
(CHARLES)

158 — *Laveuses.*

Au bord d'une rivière qui traverse une prairie, deux laveuses battent leur linge en causant. Ciel gris très nuageux et mouvementé.

Signé à droite et dédié à l'ami Vollon.

Bois. Haut., 24 cent.; larg., 30 cent.

DAUBIGNY
(CHARLES)

159 — *Les Graves à Villerville.*

Dans une prairie assez étendue, un bouquet d'arbres d'un vert sombre se dressant sous un ciel gris.

Signé à droite et daté de 1875.

Toile. Haut., 50 cent; larg., 80 cent.

COROT
(CAMILLE)

160 — *Paysage.*

Sentier se dirigeant vers un petit bois ; de chaque côté, des prairies vertes.

Ce tableau porte le cachet de la vente posthume du maitre.

Toile. Haut., 26 cent.; larg., 21 cent.

COROT
(CAMILLE)

161 — *Vue de Scheveningue.*

Clochers, moulins et prairie.

Toile. Haut., 17 cent.; larg., 28 cent.

PORTRAIT DE L'ARTISTE

DAUBIGNY

COROT

PORTRAIT DE L'ARTISTE

COROT
(CAMILLE)

162 — *Chemin à Auvers.*

Route grisâtre longeant de petites maisons abritées par un massif de grands arbres. Ciel gris nuageux.

Signé à gauche.

Toile. Haut., 34 cent.; larg., 20 cent.

COROT
(CAMILLE)

163 — *Figure de Jeune Femme.*

Vue de face, coiffée en bandeaux, vêtue d'une robe grise avec chemisette blanche, tenant un livre ouvert et marchant dans un paysage vaporeux.

Signé à gauche.

Toile. Haut., 55 cent.; larg., 45 cent.

GÉRICAULT
(JEAN-LOUIS-THÉODORE)

164 — *Portrait de l'artiste.*

L'illustre peintre est assis dans son atelier, sur une chaise de paille, le corps tourné de côté, et s'accoudant au dossier de la chaise. Sa tête, vue de face, s'appuie sur sa main droite repliée; il est vêtu de noir, et semble réfléchir profondément; au mur de l'atelier, une palette et des plâtres.

Ce tableau, signé sur un des barreaux de la chaise, a figuré à l'Exposition centennale de 1889.

Toile. Haut., 1 m. 45 cent.; larg., 1 m. 12 cent.

OBJETS D'ART

FAIENCES ET GRÈS

165 — PAIRE DE VASES décorés en bleu, à personnages. Savone.

166 — QUATRE PLATS variés, décor à reflets métalliques, ancienne faïence hispano-moresque.

167 — SOUPIÈRE oblongue avec couvercle en ancienne faïence de Marseille : paysages animés avec fleurs en relief sur le couvercle.

168 — SOUPIÈRE, avec couvercle, décorée de fleurs en camaïeu vert, avec groupes de poissons sur le couvercle.

169 — LÉGUMIER, avec couvercle, décoré de fleurs. Marseille.

170 — GRANDE SOUPIÈRE ovale, décorée de fleurs. Marseille.

171 — GRANDE SOUPIÈRE en ancienne faïence blanche du Midi, décorée de motifs rocaille.

172 — AIGUIÈRE et bassin, à décor de fleurs et motifs rocaille, en faïence du Midi.

173 — DEUX BOUTEILLES décorées de Chinois en bleu et manganèse. Nevers.

174 — GRAND FLACON carré, à décor bleu de style chinois Delft.

175 — PLAT en ancienne faïence de Rhodes : feuillages.

176 — CRUCHE, à double goulot, en ancienne terre vernissée jaunâtre : personnages et arbustes.

177 — GRANDE CRUCHE en ancien grès brun allemand : rosaces et deux armoiries de prélat.

178 — CRUCHE en ancien grès brun allemand : armoiries.

179 — CRUCHE en ancien grès allemand : armoiries sur fond violet.

180 — POT en ancien grès d'Allemagne semé de mascarons.

181 — CRUCHE en ancien grès allemand : branches fleuries sur fond bleu.

182 — CRUCHE en ancien grès brun d'Allemagne, à décor d'armoiries avec la date 1578.

183 — HANAP en ancien grès allemand : vue de la ville de Vienne.

184 — POT, à quatre pans, en ancien grès allemand, à médaillons : Adam et Ève.

185 — Sous ce numéro, nombreuses pièces de céramique variée.

PORCELAINES

186 — PAIRE DE GRANDS VASES en porcelaine, à décor de marines ; bases en bronze.

187 — PLAT, décoré de fleurs, en ancienne porcelaine de Saxe.

188 — SOUPIÈRE ronde, en ancienne porcelaine de Saxe, décorée d'oiseaux et d'insectes.

189 — SOUPIÈRE ronde, décorée de fleurs.

190 — PLAT rond, décoré de fleurs. Saxe.

191 — SOUPIÈRE ovale, avec plateau, en ancienne porcelaine de Saxe, décorée d'oiseaux, avec médaillons de fleurs en camaïeu bleu.

192 — SAUCIÈRE, à décor de fleurs, en ancienne porcelaine de Saxe.

193 — AIGUIÈRE décorée de guirlandes de fleurs en camaïeu bleu ; ancienne porcelaine tendre de Sèvres.

194 — PAIRE DE VASES en porcelaine de Sèvres émaillée bleu.

195 — COUPE émaillée bleu, même porcelaine.

196 — GRAND PLAT creux décoré de personnages en bleu ; ancienne porcelaine de Chine.

197 — FLACON carré, décor bleu. Chine.

198 — FLACON carré, décor de fleurs et oiseaux. Chine, famille rose.

199 — GRAND PLAT creux, haie fleurie, chutes à compartiments sur fond bleu.

200 — GRANDE COUPE en ancienne porcelaine de Chine, famille verte ; rochers et fleurs.

201 — THÉIÈRE simulant une fleur de lotus. Chine.

202 — VASE décoré de fleurs et lambrequins en bleu, en ancienne porcelaine de Chine; garnitures de bronze.

203 — JARDINIÈRE en ancien céladon bleu-turquoise de la Chine.

204 — JARDINIÈRE en ancien céladon turquoise de la Chine. Monture en bronze.

205 — VASE en ancien céladon turquoise de la Chine.

206 — BOUTEILLE en ancien céladon turquoise de la Chine.

207 — FLACON CARRÉ, décoré de fleurs, en ancienne porcelaine du Japon.

208 — DEUX GRANDS PLATS ronds, décor bleu, rouge et or; branches fleuries, vases de fleurs. Japon.

209 — CORNET en ancienne porcelaine du Japon, décoré d'oiseaux, arbustes, rochers et lambrequins à fond bleu.

210 — GRAND BOL à pans, en ancienne porcelaine du Japon, à fleurs.

211 — POTICHE à pans avec son couvercle, en ancienne porcelaine du Japon, à décor de fleurs : lambrequins à fond bleu, monture en bronze.

212 — CORNET en ancienne porcelaine du Japon, à décor de compartiments de pampres sur fond bleu, se détachant sur champ semé de chrysanthèmes.

ORFÈVRERIE

213 — HANAP en argent repoussé et gravé; panse à six pans, décorée de fruits et d'oiseaux. Anse à cariatide. Nuremberg, XVIIᵉ siècle.

214 — VASE en argent repoussé, avec couvercle à décor de bossages, simulant un fruit; pied en forme de tronc d'arbre avec petit bûcheron. Nuremberg, XVIIᵉ siècle.

Haut., 27 cent.

215 — HANAP en argent repoussé et partiellement doré à sujet de bacchanales. Anse cariatide, bouton de couvercle formé d'un petit bacchant. Travail d'Augsbourg, XVIIᵉ siècle.

Haut., 23 cent.

216 — VASE en argent repoussé à bossages, simulant un fruit; bouton de couvercle formé de fleurettes; pied en forme de figurine émaillée. Travail allemand du XVIIᵉ siècle.

Haut., 29 cent.

217 — VASE en argent repoussé avec couvercle et sur pied-balustre, décoré d'entrelacs, de figurines grotesques, de dauphins, de mascarons et de dieux marins. Le couvercle est surmonté d'une figurine d'enfant tenant une aiguière. XVIIᵉ siècle.

Haut., 45 cent.

218 — VASE en argent repoussé et partiellement doré avec couvercle; ce dernier est décoré de bossages. Le corps du vase présente des médaillons, des têtes de chérubins, des rinceaux, ainsi qu'une longue inscription allemande avec la date 1606. Le pied est orné de têtes de béliers. Allemagne, XVIIᵉ siècle.

Haut., 38 cent.

219 — VASE en argent repoussé, avec couvercle, à décor de têtes de chérubins en relief, de fruits et de médaillons à paysages. Le pied, orné de chevaux marins, est relié au corps du vase par une figurine de femme. Allemagne, XVIIᵉ siècle.

Haut., 51 cent.

220 — VASE sur pied-balustre et avec couvercle en argent partiellement doré. Le couvercle, surmonté d'une figurine de Néréide, est orné de bossages ; le corps du vase, de têtes de chérubins, le pied de cariatides, feuillages et bossages. Travail hollandais.

Haut., 60 cent.

221 — VASE en argent repoussé et doré, avec couvercle décoré de bossages. Le couvercle est surmonté d'une figurine d'homme sauvage, et le pied porte la même ornementation que le reste de la pièce. Travail hollandais.

Haut., 48 cent.

222 — COURONNE DE VIERGE en argent ajouré et repoussé, à décor de têtes de chérubins, rinceaux et fruits, avec médaillons émaillés. XVIIe siècle.

223 — COUPE en argent : Moïse sauvé des eaux. Le pied balustre, de travail allemand du XVIIe siècle, présente des chevaux ailés, des volutes et des mascarons.

224 — SALIÈRE en argent repoussé, à décor de fruits. Augsbourg. XVIIe siècle.

225 — PLAT ROND en argent repoussé : oiseau, au centre, entouré de grosses fleurs. Allemagne, fin du XVIIe siècle.

226 — VASE en argent repoussé, avec couvercle et sur pied balustre, à décor de fruits séparés par des entrelacs et des rinceaux ; figurine de guerrier sur le couvercle. Allemagne, fin du XVIIe siècle.

Haut., 36 cent.

227 — VASE sur pied-balustre et avec couvercle en argent gravé, de la corporation des tonneliers ; le couvercle est surmonté d'une figurine de porte-étendard et au corps du vase, décoré

de quadrillés et de lambrequins, sont suspendus des médaillons sur lesquels sont gravés des emblèmes de corporations et des noms. On lit sur la gorge de la pièce : *Die Bælger Gesellen ihre Welkomst. 1747*. Travail allemand du xviiie siècle.

Haut., 58 cent.

228 — PLAT OVALE en argent repoussé et partiellement doré, à sujet de combats de cavaliers, avec bustes d'empereurs romains et fleurs au marli. Allemagne, xviiie siècle.

229 — VASE, avec couvercle, en argent repoussé et doré, à décor de bossages; le pied est relié à la panse du vase par un tronc d'arbre. Travail allemand, xviiie siècle.

Haut., 42 cent.

230 — AIGUIÈRE en argent repoussé, décorée de figurines d'amours, de guirlandes, d'un cartouche et d'une anse en bronze doré. Travail italien, xviiie siècle.

231 — AIGUIÈRE et plateau en argent repoussé et doré, décorés de feuillages, de mascarons et de motifs rocaille. L'anse de l'aiguière présente une tête de chérubin. xviiie siècle.

232 — COUPE en argent repoussé, sur piédouche bas, à décor de feuillages, fleurs et motifs rocaille. xviiie siècle.

233 — HANAP cylindrique en argent gravé et partiellement doré, à décor de divinités mythologiques et de bustes de personnages. Le couvercle est surmonté d'un lion et l'anse décorée d'une petite cariatide. Travail allemand du xviiie siècle.

Haut., 37 cent.

234 — CROSSE en argent repoussé et partiellement doré, ornée d'une figurine de saint évêque. xviiie siècle.

235 — GRAND PLATEAU en argent repoussé, décoré de cartouches et de motifs rocaille. XVIIIe siècle.

236 — COUPE en argent repoussé et partiellement doré, avec pied cylindrique, à décor de médaillons à personnages. Travail de Nuremberg. XVIIIe siècle. Couvercle en cuivre doré.

237 — DEUX VASES en argent repoussé, à motifs rocaille. XVIIIe siècle.

238 — PETIT VASE, à deux anses, en argent repoussé, à décor de guirlandes, cartouches et quadrillés.

239 — AIGUIÈRE et PLATEAU en argent, décor de motifs rocaille et fleurs. XVIIIe siècle.

240 — PLATEAU en argent repoussé, sur piédouche bas, à décor de feuillages ; traces de dorure. Augsbourg. XVIIIe siècle.

241 — GRAND GOBELET en argent repoussé, à décor de grosses fleurs. Allemagne. XVIIIe siècle.

242 — GOBELET en argent repoussé, à décor de fruits et feuilles. Allemagne, XVIIIe siècle.

243 — GOBELET en argent uni, avec bordures dorées. Allemagne, XVIIIe siècle.

244 — GOBELET en argent uni portant le nom *I. Perrin.* XVIIIe siècle.

245 — PETITE COUPE sur pied cylindrique en argent repoussé et doré, à grosses fleurs. Nuremberg, XVIIIe siècle.

246 — CAFETIÈRE en argent repoussé, à décor de guirlandes, de petits pendentifs et de cannelures. XVIIIᵉ siècle.

247 — CAFETIÈRE en argent repoussé et doré, décorée d'un écusson armorié et de motifs rocaille. Travail anglais du XVIIIᵉ siècle.

(Vente Demidoff.)

248 — PORTE-HUILIER en argent, surmonté d'un petit plateau et décoré de motifs rocaille. Travail allemand du XVIIIᵉ siècle.

249 — LÉGUMIER en argent, à couvercle surmonté d'une graine. XVIIIᵉ siècle.

250 — LÉGUMIER en argent uni, avec couvercle, surmonté d'une graine; oreilles ornées de motifs rocaille. XVIIIᵉ siècle.

251 — BOUILLOIRE en argent repoussé, avec couvercle, à décor de feuilles et motifs rocaille. XVIIIᵉ siècle.

252 — CHOCOLATIÈRE en argent uni, avec écusson armorié gravé. France, XVIIIᵉ siècle.

253 — CAFETIÈRE en argent, à côtes obliques. XVIIIᵉ siècle.

254 — COQUILLE nautile, montée en argent, à décor de mascarons et rinceaux; elle est supportée par un pied composé d'une figurine d'amour debout sur une coquille soutenue par deux dauphins. Travail allemand.

255 — COUPE en argent repoussé sur pied-balustre décoré de rinceaux et godrons. Inscription allemande sur la coupe.

256 — PETIT HANAP en argent gravé, à décor de fruits, fleurs, guirlandes et animaux chimériques.

257 — Coupe en argent repoussé à godrons, avec palmettes et rinceaux gravés; anses volutes.

258 — Coupe ovale en argent repoussé, à décor de grosses fleurs. Travail allemand.

259 — Bouilloire en argent repoussé et doré, à lambrequins et entrelacs; déversoir à figure chimérique. Allemagne.

260 — Réchaud en argent ajouré et uni.

261 — Plateau en argent avec bordure de rinceaux et coquilles; au centre, écusson armorié gravé.

262 — Collier en argent formé de rosaces reliées par des maillons. Travail allemand.

263 — Trois cuillères variées et une pince à sucre, argent.

264 — Deux hochets, argent.

265 — Cinq bagues en or: scarabée, tête d'hercule, tête d'empereur romain; agates variées, pierres de couleur et roses.

INSTRUMENTS DE MUSIQUE

266 — Tambour de la République française. Époque révolutionnaire.

267 — Guitare en ébène incrustée d'os gravé, signée : *Matteo Sellas alla corona in Venet*. Ancien travail vénitien.

268 — Violoncelle.

269 à 272 — Quatre vielles anciennes.

273 — Musette en damas rouge et ivoire. xviiie siècle.

274 — Musette en brocart à fleurs. xviiie siècle.

275 — Musette en velours rouge et dentelle métallique. xviiie siècle.

276 — Musette en ivoire, peluche bleue et ancienne dentelle métallique. (Ayant appartenu à Mme Du Barry.)

277 — Harpe en bois noir et or, console laquée à sujets chinois. xviiie siècle. Signée : *P. Krupp, à Paris.*

278 — Harpe en bois noir et or analogue à la précédente, avec corps sonore et console décorés de sujets chinois laqués. xviiie siècle.

279 — Petite harpe en bois noir et or.

280 — Plusieurs instruments de musique variés.

OBJETS VARIÉS

281 — Grand vase en verre, à décor doré, présentant un empereur d'Allemagne. xviie siècle.

282 — Bocal sur pied balustre avec couvercle en verre gravé à personnages. xviiie siècle.

283 — Verre a pied gravé, avec écusson d'armoiries.

284 — Coupe sur piédouche, à décor d'imbrications. Ancien travail de Venise.

285 — Lot de verrerie.

286 — HANAP en ivoire sculpté, présentant des nymphes enlevées par des bacchants et accompagnées d'amours. Commencement du XVIIe siècle. Monture en argent.

Hauteur du cippe, 23 cent.

287 — HANAP en ivoire sculpté, à sujet de bacchanales, du XVIIe siècle. Monture à anse et couvercle en argent.

Haut., 20 cent.

288 — VASE formé d'une noix de coco, montée en cuivre doré, à décor de médaillons-bustes, feuillages et lambrequins. XVIIe siècle.

289 — HANAP formé d'une noix de coco, montée en cuivre doré. Anse à volutes. XVIIe siècle.

290 — HANAP en ancien émail peint de Limoges. Décor doré sur fond noir.

291 — UN VOLUME : *Thirsis Minnewit*. Amsterdam. Reliure en velours garnie d'argent.

292 — UN VOLUME : missel, relié en velours rouge, avec appliques d'argent. XVIIIe siècle.

293 — LOT de volumes variés.

294 — PETIT PORTEFEUILLE en maroquin rouge doré. XVIIIe siècle.

295 — CHARTRIER en cuir doré du XVIIe siècle.

296 — COFFRET en cuir gravé, garni de fer. XVIIe siècle.

297 — COFFRET à couvercle bombé : cuir gravé et fer. XVIIe siècle.

298 — ESCARCELLE en cuir, garnie de cuivre. XVIIIᵉ siècle.

299 — MOUSQUET à rouet, en bois et os gravé du XVIIᵉ siècle.
Travail de Leipzig.

300 — COUTEAU persan, à poignée de fer doré.

301 — LOT de pièces d'armures diverses.

302 — PETITE SPHÈRE céleste, datée 1602.

303 — PLUSIEURS ROUETS et dévidoirs en bois.

304 — CHRIST en buis sculpté. XVIIᵉ siècle.

305 — GRAND CHRIST en bois sculpté. XVIIᵉ siècle.

306 — DEUX COLONNETTES en bois doré du XVIIᵉ siècle.

307 — PAIRE DE SUPPORTS-APPLIQUES en bois doré, à rocailles
et fleurs. XVIIIᵉ siècle.

308 — DEUX STATUETTES-APPLIQUES de saints personnages, bois
peint et doré. XVIᵉ siècle.

309 — STATUETTE de moine en bois sculpté et peint. XVIIᵉ siècle.

310 — STATUETTE de sainte femme en prière, en bois sculpté,
peint et doré. XVIᵉ siècle.

311 — STATUETTE de saint, revêtu d'une armure et d'un large
manteau. Fin du XVᵉ siècle.

312 — STATUETTE en marbre blanc : Hercule au repos.

312 bis Buste de femme en marbre blanc travail du X

CUIVRES, ÉTAINS, PENDULES

313 — PLAT en dinanderie, décoré de quatre petits vases. XVIIᵉ siècle.

314 — PLAT en dinanderie : Ange soutenant deux écussons. XVIIᵉ siècle.

315 — GRANDE FONTAINE-APPLIQUE en cuivre rouge, ornée d'un monogramme, avec bassin en cuivre rouge, à support de bois. XVIIᵉ siècle.

316 — GRANDE AIGUIÈRE en cuivre rouge, godronnée. XVIIᵉ siècle.

317 — JARDINIÈRE OVALE en cuivre rouge : personnages et feuillages. XVIIᵉ siècle.

318 — AIGUIÈRE en cuivre jaune, à godrons ; col à imbrications. XVIIᵉ siècle.

319 — FONTAINE en cuivre jaune uni, à anses ajourées et découpées. XVIIᵉ siècle.

320 — PLAT en cuivre jaune gravé, à décor d'arabesques. Ancien travail italien.

321 — FONTAINE en cuivre rouge, à godrons. XVIIᵉ siècle.

322 — LANTERNE en cuivre jaune. XVIIᵉ siècle.

323 — GRANDE AIGUIÈRE en cuivre rouge, à godrons. XVIIᵉ siècle.

324 - - GRANDE VASQUE en cuivre rouge, anses à mufles de lions et pieds griffes. XVIIᵉ siècle.

325 — SAMOVAR en cuivre jaune ; décor de pendentifs.

326 — GRAND VASE en cuivre rouge uni; rosace sur le couvercle.

327 — PETIT LUSTRE en dinanderie, à six lumières.

328 — LAMPE d'église en dinanderie.

329 — NOMBREUSES PIÈCES en cuivre uni.

330 — BOUILLOTTE en métal uni. XVIIIe siècle.

331 — ÉCUELLE en étain, à décor de motifs rocaille.

332 — PETIT VASE en étain, pieds à mascarons, inscriptions allemandes et date 1639.

333 — GRAND VIDRECOME en étain gravé. Ancien travail allemand.

334 — DEUX VASES en cuivre argenté, à décor de motifs rocaille. XVIIIe siècle.

335 — BASSIN ovale en cuivre argenté, avec bordure de feuilles gravées. XVIIIe siècle.

336 — CIBOIRE en cuivre doré, à décor de motifs rocaille. Italie. XVIIIe siècle.

337 — AIGUIÈRE en cuivre argenté, à décor de guirlandes et têtes de béliers. Fin du XVIIIe siècle.

338 — AIGUIÈRE en bronze doré, à décor de motifs rocaille. Travail vénitien pour la Turquie. XVIIIe siècle.

339 — PETIT RELIQUAIRE en bronze doré, à décor de têtes de chérubins. XVIIe siècle.

340 — FIGURINE de Diane en bronze doré. Ancien travail italien.

341 — PETITE TÊTE d'enfant en bronze patiné. Ancien travail italien.

342 — PETIT BUSTE d'homme en bronze patiné.

343 — PENDULE en marbre blanc et bronze, surmontée d'un lion écrasant un serpent en bronze patiné, de *Barye*.

344 — PAIRE DE CANDÉLABRES à cinq lumières, Louis XVI : statuettes de nymphe et faune, en bronze patiné, tenant le bouquet de lumières en bronze doré; base en marbre blanc.

345 — VASE en marbre vert d'Égypte, anses têtes de boucs et piédouche en bronze. Style Louis XVI.

SIÈGES ET MEUBLES

346 — DRESSOIR en bois sculpté, décoré de panneaux de style gothique.

347 — COFFRE en bois sculpté à panneaux gothiques.

348 — FAUTEUIL Renaissance en bois, couvert en velours rouge clouté de cuivre.

349 — MEUBLE décoré de moulures sur support à colonnettes torses.

350 — MEUBLE à deux corps, quatre portes et deux tiroirs en bois sculpté, à décor d'oiseaux, têtes de chérubins, colonnettes et moulures. XVIIᵉ siècle.

351 — MEUBLE à deux corps, en bois, avec incrustations de
bois de couleur; décor de pilastres. XVIIe siècle.

352 — TABLE en bois sculpté, à ceinture ornée d'entrelacs et
palmettes; mascarons aux angles. XVIIe siècle.

353 — MEUBLE bas à abattant en bois sculpté : feuilles et
entrelacs; personnages aux angles. XVIIe siècle.

354 — CHAISE en bois sculpté à motifs rocaille; siège et dossier canné. Époque Régence.

355 — COMMODE Régence, à trois tiroirs, en bois de placage,
garnie de bronzes : chutes à mascarons, rosaces, appliques.
Dessus de marbre.

356 — COMMODE, à deux tiroirs, en bois de placage et bronze;
dessus de marbre. Fin du règne de Louis XV.

357 — CHAISE en bois sculpté avec croisillon d'entrejambes;
décor rocaille. Époque Louis XV.

358 — CANAPÉ en bois sculpté, couvert en tapisserie à paysages.
XVIIIe siècle.

359 — CONSOLE en bois sculpté à coquilles et feuillages.
XVIIIe siècle.

360 — COMMODE à trois tiroirs, en bois sculpté; poignées de
cuivre. XVIIIe siècle.

361 — CONSOLE en bois doré, à motifs rocaille. XVIIIe siècle.

362 — FAUTEUIL de bureau en bois, à décor de moulures;
siège canné et dossier en cuir. XVIIIe siècle.

363 — MEUBLE à hauteur d'appui, en bois sculpté, à deux portes et deux tiroirs, décor de feuillages. XVIIIᵉ siècle.

364 — FAUTEUIL en bois doré, à motifs rocaille. Travail italien du XVIIIᵉ siècle.

365 — SECRÉTAIRE droit à abattant, en marqueterie de bois de couleur à fleurs. Fin du XVIIIᵉ siècle.

366 — PARAVENT en ancien cuir de Cordoue; décor de fleurs, feuilles et palmettes.

367 — CONSOLE en bois sculpté et doré; médaillon-buste et feuillages. Tablette en marbre gris.

368 — GLACE dans un cadre, surmonté d'une couronne soutenue par deux amours; bois doré.

369 — CONSOLE en bois doré, à quatre pieds cariatides; dessus de marbre blanc.

370 — VITRINE en bois noir et bronze.

ÉTOFFES, TAPIS

371 — CHASUBLE en velours vert : orfrois brodés à figures de saints. XVIᵉ siècle.

372 — CHAPE en ancien brocart, avec broderie de soie et de métal du XVIᵉ siècle.

373 — CHASUBLE en damas vert, avec bandes de satin brodé. XVIᵉ siècle.

374 — TAPIS de selle en ancien velours rouge, à broderies métalliques. XVIIᵉ siècle.

375 — Jupe défaite, en ancienne soie brochée, à fleurs et fruits.

376 — Panneau et dessus de lit en ancien damas vert.

377 — Dessus de lit en ancien damas jaune broché, argent.

378 — Panneau en ancienne brocatelle blanche, à ramages verts.

379 — Panneau de velours rouge ciselé, à grands ramages ; frange à grille.

380 — Plusieurs napperons italiens, fil tiré et guipure.

381 — Dalmatique en ancien velours rouge avec glands.

382 — Tapis en velours vert, avec ancienne dentelle métallique.

383 — Lot de glands.

384 — Fragments d'ancienne tapisserie.

385 — Plusieurs tapis d'Orient.